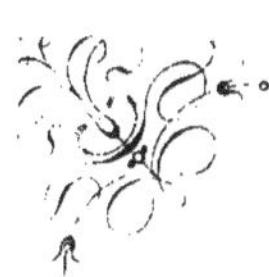

# LE CABINET

## DE

# M. GATTEAUX

PAR

## M. GEORGES DUPLESSIS

EXTRAIT DE LA GAZETTE DES BEAUX-ARTS

(Livraison d'octobre 1871)

## PARIS

IMPRIMERIE DE J. CLAYE

RUE SAINT-BENOÎT

1871

# LE CABINET

## DE

# M. GATTEAUX

PAR

## M. GEORGES DUPLESSIS

EXTRAIT DE LA GAZETTE DES BEAUX-ARTS

(Livraison d'octobre 1871)

PARIS

IMPRIMERIE DE J. CLAYE

RUE SAINT-BENOÎT

1871

# LE CABINET

## DE

# M. GATTEAUX

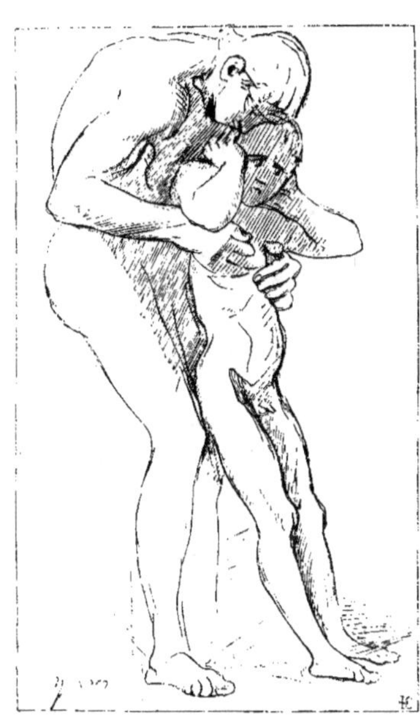

Pᴇɴᴅᴀɴᴛ les derniers jours de mai, qui furent aussi les derniers jours de la Commune, de quelque côté que l'on se tournât on n'apercevait que de sinistres lueurs. Des palais entiers étaient la proie des flammes; le musée national, avec ses incomparables collections, était menacé; la bibliothèque du Louvre brûlait, la Sainte-Chapelle, enveloppée de feu, n'échappait que par miracle à l'incendie qui dévorait une partie du Palais de justice; partout, sur les deux rives de la Seine, les ruines se faisaient — et quelles ruines! — aux Tuileries, à l'Hôtel de ville, au Palais-Royal, au palais de la Cour des Comptes comme à celui de la Légion d'honneur, comme au ministère des Finances, et à cet hôtel Choiseul-Praslin, affecté depuis quelques années à la Caisse des dépôts et consignations. Les pertes ne devaient pas se borner là : avec ces monuments publics que les étrangers venaient admirer en foule chaque année, plusieurs maisons particulières allaient, en disparaissant aussi, appauvrir d'autant notre patrimoine

public et laisser, au point de vue de l'art, des vides quelquefois irré-
parables.

Parmi les désastres qui ont signalé l'agonie de la Commune de Paris,
il en est un que nous déplorons particulièrement aujourd'hui, car avec
l'habitation privée qu'il atteignait s'anéantissait une collection presque
nationale. Au numéro 41 de la rue de Lille s'élevait une maison à deux
étages, remplie du haut en bas d'objets d'art, et dans laquelle on était
certain d'être bien accueilli, pourvu qu'on y vînt avec un amour sincère
des belles choses et avec un désir réel de s'instruire. Dès que le maître
de la maison avait reconnu dans son visiteur un ami des arts, il savait
si bien le mettre à l'aise, que ce dernier pouvait, pour ainsi dire, se
croire chez lui : les armoires étaient à sa disposition, les portefeuilles
étaient ouverts à son gré, et les connaissances du bienveillant possesseur
étaient à sa discrétion. L'amour de l'étude et le goût des belles choses
étaient les meilleurs introducteurs auprès de cet amateur d'élite. On
trouvait dans cet intérieur, véritable musée dont le propriétaire sem-
blait presque ne vouloir être que le conservateur, tant il s'empressait
d'en communiquer à chacun les richesses, tout ce qui peut fixer l'attention d'un homme de goût ou d'un artiste : objets antiques, bronzes et
terres cuites, moulages des plus belles figures immobilisées dans les
collections publiques ou privées, tableaux anciens et modernes, émaux
précieux, dessins des plus grands maîtres, depuis Raphaël jusqu'à
Ingres, médailles curieuses, estampes du plus beau choix et en très-
grand nombre, livres à figures, grands ouvrages sur les arts, etc.

Cet obligeant collectionneur était un ancien pensionnaire de l'École
de Rome, un graveur en médailles et un statuaire que son double mérite
d'artiste et d'érudit avait fait entrer à l'Institut au mois d'août 1845.
Après avoir hérité d'une magnifique collection en tout genre formée
par son père, graveur en médailles comme lui, il l'avait continuée avec
une intelligente ardeur et avait fini par la rendre d'une importance
telle, que peu de cabinets à Paris pouvaient rivaliser avec le sien.

M. Jacques-Édouard Gatteaux, car c'est de lui que nous voulons parler
ici, a perdu presque entièrement, dans ces effroyables journées, les
objets les plus précieux qu'il mettait si généreusement à la disposition
de tous. Que dis-je ! n'avons-nous pas été nous-mêmes victimes de ce
désastre ? n'avons-nous pas, nous aussi, perdu cette collection, puisque
chacun de nous avait quelque chose à lui dans cet hôtel hospitalier.
L'estampille du musée du Louvre se remarquait sur les plus beaux
tableaux, sur un certain nombre de dessins et sur quelques émaux de la
galerie ; la Bibliothèque nationale était inscrite pour plusieurs estampes

d'élite. et nous lisions encore récemment, non sans tristesse, sur des débris de cette chère collection, cette mention à l'encre grasse que portaient la plupart des recueils aujourd'hui consumés : *A l'École des Beaux-Arts. Édouard Gatteaux.* M. Gatteaux avait voulu en effet, de son vivant, assurer aux galeries publiques la possession des trésors que son père et lui avaient amassés avec tant de soins et de peines, et distribuer lui-même toutes les œuvres d'art contenues dans sa maison.

Chaque partie de cette collection comprenait des objets de premier ordre : mais il en est une qui était particulièrement riche et spécialement choisie : nous voulons parler de la série des petites sculptures en bronze ou en terre cuite. On s'explique sans peine cette préférence si l'on songe que celui qui avait formé ou enrichi ce cabinet était statuaire, et que, tout en satisfaisant ses goûts d'amateur, il s'inspirait, à l'heure du travail, des modèles excellents dont il se trouvait entouré. Si les arts du dessin se tiennent et concourent à un même but, l'expression du beau, il n'en est aucun qui frappe plus vivement la vue, qui impressionne plus directement l'imagination que l'art du statuaire. Par un hasard providentiel. la partie de la collection qui a le moins souffert est précisément celle que composent les œuvres de la sculpture. En prévision de l'entrée des troupes allemandes à Paris, un parent de M. Gatteaux et un ami non moins dévoué, M. Paul Balze, avaient caché, dans un escalier peu apparent, un certain nombre de statuettes en bronze et en terre cuite que le feu des insurgés n'a pas eu le temps de détruire. De là ce nombre relativement considérable des statuettes aujourd'hui sauvées. Parmi les œuvres sculptées que la flamme a épargnées, il en est de valeurs et d'époques diverses, depuis les chefs-d'œuvre de l'art grec et de l'art romain, jusqu'à des œuvres charmantes dues à quelques-uns de nos contemporains. A côté d'une figure de *Mars* du meilleur temps de la Grèce, d'un beau *Silène*, également en bronze, d'un superbe *Mercure* [1] malheureusement un peu endommagé par le feu, d'une petite figure de *Camille*, supérieure à un bronze analogue exposé à Florence dans le musée des *Uffizi*. et d'un *Hercule* qu'envieraient avec raison les plus riches galeries de l'Europe, on voit des bronzes florentins revêtus de cette patine dorée qui semble un embellissement volontaire et comme un intelligent travail du temps, entre autres une *Lionne marchant*. un *Ganymède*, admirable figure de Michel-Ange, la *Frileuse*, de Houdon.

---

1. Cette petite figure de *Mercure* a été acquise par M. Gatteaux à la vente du baron Denon. Elle a été lithographiée dans l'ouvrage intitulé : *Monuments des Arts du dessin recueillis par le baron Vivant Denon.* — Paris. 1829. in-folio, tome I. pl. XXXI. n° 7.

dont la terre cuite, également chez M. Gatteaux, a péri, et une statuette de Simart.

Lorsque nous passions en revue ces figures sculptées, aujourd'hui confondues pêle-mêle dans des armoires et attendant la place nouvelle que leur assignera leur possesseur, nous éprouvions une sorte de consolation en retrouvant intacte cette partie de la collection. Le désordre dans lequel elles étaient plongées avait en lui-même son enseignement, car, en rencontrant à côté l'une de l'autre certaines figures d'un ordre d'art tout différent et que nous n'avions jamais vues ainsi rapprochées, nous constations une fois de plus que ce qui est réellement beau soutient toujours, sans faiblir, le voisinage du beau, sous quelque forme qu'il se produise.

Ces charmantes terres cuites, dans lesquelles les artistes de l'antiquité donnaient aux émotions de leur âme ou aux formes de leur talent une expression plus familière, un aspect plus intime, nous ont toujours vivement impressionné, et le sort semble avoir pris plaisir à protéger les plus jolies : la *Femme cachée sous une ample robe qui la drape*, et la *Femme serrant contre elle un enfant qu'elle enveloppe dans les plis de son long vêtement*, nous apparurent comme deux spécimens achevés de cette manifestation de l'art qui semble être plus spécialement à la portée des faibles. Ces deux ouvrages exquis, et heureusement ce ne sont pas les seuls en ce genre qui aient échappé à la destruction, donnent une idée parfaite de cette branche modeste de l'art du statuaire, branche pratiquée avec ardeur par les meilleurs artistes de l'antiquité.

La sculpture de la Renaissance est encore représentée par une figure superbe la résumant entièrement, un *Homme nu étendu par terre*, qui nous fit songer aux statues admirables dont est orné à Saint-Denis le tombeau de François I⁰ʳ. Trois exemplaires de cette figure, l'un en terre cuite, c'est l'original, un autre en bronze et le troisième en mastic, ont défié le feu, qui semble avoir reculé trois fois devant cette figure en face de laquelle on peut concevoir une idée juste d'un art dont les spécimens sont de la plus grande rareté.

Nous ne devons pas oublier de mentionner encore parmi les ouvrages de sculpture appartenant au cabinet de M. Gatteaux et qui, atteints gravement, n'ont pas été complétement anéantis, une figure en cire de la plus haute valeur, due à l'ébauchoir de Nicolas Poussin. C'est une copie, faite à Rome par le grand peintre, de l'*Ariane abandonnée dans l'île de Naxos*, statue en marbre du musée du Belvédère. S'il fallait, pour établir l'authenticité de ce morceau précieux, d'autres preuves que les preuves fournies par l'œuvre elle-même, goût de dessin excellent, exécution large et savamment précise sans être servile, on les trouverait dans l'odyssée suivie par cette figure avant de venir prendre place dans la galerie où elle a failli périr. Nicolas Poussin la donna à son ami et protecteur Fréard de Chanteloup ; le fils de celui-ci en fit présent à Antoine Duchesne, prévôt des bâtiments du roi, aïeul du conservateur du cabinet des estampes. C'est à la mort de M. Duchesne aîné (1855) que M. Gatteaux eut la bonne fortune d'en devenir le possesseur et d'enrichir ainsi sa collection d'un ouvrage doublement précieux au point de vue de l'art et au point de vue de l'histoire.

Sept médailliers avaient peine à contenir la collection de médailles ou d'empreintes réunies par M. Gatteaux ; ils ont tous été détruits, et la chaleur de l'incendie a été telle, que la plupart des objets en métal qui s'y trouvaient renfermés ont été fondus. Ainsi disparurent la collection complète et en épreuves excellentes des empreintes en soufre faites par M. Mionnet, une série également complète de toutes les médailles frappées à la Monnaie, une épreuve de tous les ouvrages gravés par MM. Gatteaux père et fils et un grand nombre de médailles qui, si elles ne présentaient pas aux numismates de profession un haut intérêt archéologique, offraient aux artistes un attrait particulier et permettaient, en tout cas, d'étudier dans son ensemble l'histoire d'un art très-intéressant et trop peu connu.

Les objets de curiosité proprement dite n'étaient pas nombreux dans le cabinet de M. Gatteaux ; il fallait, pour qu'ils y fussent admis, que l'art y jouât le rôle principal ; aussi ne trouvait-on en ce genre que des œuvres hors ligne. Le monument le plus important a été préservé : c'est une grande châsse en argent repoussé, ornée de figures d'un goût très-pur, à laquelle on peut assigner comme date la fin du xiii⁰ siècle ou le commencement du xiv⁰. L'aiguière de Briot, qui doit prendre rang parmi les meilleures productions du xvi⁰ siècle, a eu à souffrir des flammes, ainsi qu'une choppe en étain due au ciseau du même maître. Quant aux émaux, ce produit du feu que le feu devait épargner, ils ont pour la plupart été préservés. La place qu'ils occupaient dans une galerie située au second étage les a protégés, et, sauf une admirable petite plaque italienne dont il sera question plus loin, les œuvres hors ligne en ce genre existent encore et ont relativement peu souffert. M. Gatteaux les avait généreusement prêtés, il y a quelques années, à l'Exposition rétrospective de *l'Union des Arts appliqués à l'Industrie*, et tout le monde avait eu l'occasion de les admirer ; nous ne citerons donc que pour mémoire une grande *Ascension*, œuvre de Jean Pénicaud I⁰ʳ, une *Crucifixion*, signée *I. P. 1542* (Jean Pénicaud II), une petite plaque ronde représentant une *Mêlée de cavalerie*, grisaille modelée sur un fond gris, que les flammes ont quelque peu compromise, *Quatre Figures de Femmes drapées*, d'un grand caractère, attribuées à Pierre Pénicaud, enfin une *Vierge glorieuse entre deux Saints*, œuvre dont la perte est tout à fait regrettable. M. A. Darcel, en parlant de cet émail précieux, s'exprimait ainsi dans la *Gazette* (Tome XX. p. 60-61) : « Nous n'avons pas besoin de louer le

ÉMAIL PAR PIERRE PÉNICAUD.

(Collection de M. Gatteaux.)

« style de cette composition inspirée de quelque maître vénitien de la
« fin du XVᵉ siècle, ni la science du dessin qu'on y admire. Ce que nous
« voulons dire, c'est la finesse du ton et surtout le mode d'exécution.
« L'architecture et les carnations sont réservées sur le fond qui est gris
« clair, et modelées par de très-fines hachures blanches. La robe de la
« vierge est verte, et son manteau est bleu cendré, éclairé en or. Une
« couche bleu lapis léger s'étend sur le fond. »

Les tableaux accrochés aux murailles de l'appartement ou exposés dans la galerie constituaient presque un musée. Il y avait forcément de nombreuses lacunes; chaque école cependant offrait un ou plusieurs spécimens, et un chef-d'œuvre quelquefois représentait à lui seul l'art de tout

un pays. A l'école florentine appartenait un petit tableau de Jean de
Fiesole qui n'aurait pas été déplacé dans les galeries du Louvre, aux-
quelles il était d'ailleurs destiné : saint Barthélemy tenant à la main
l'instrument de son martyre, et accompagné de cinq autres saints en demi-
figure portant chacun un costume conforme au souvenir de sa condition

VIERGE GLORIEUSE ENTRE DEUX SAINTS, EMAIL ITALIEN.

(Collection de M. Gatteaux.)

sur terre ; ces six petits saints, qui profilaient leur silhouette sur un fond
d'or, étaient peints avec cette finesse de pinceau, ce charme d'expression et cette pureté de sentiment qui distinguent tous les ouvrages
inventés par le bienheureux moine du couvent de Saint-Marc; la forme
humaine, dans ce qu'elle a de plus délicat, de plus subtil, revêtait ces
âmes pures, dont les images, pour nous servir d'une locution employée à
l'occasion du pieux artiste, semblaient dessinées avec une plume « déro-
bée à l'aile d'un chérubin ».

Dans le cabinet de M. Gatteaux figuraient encore des œuvres de Sébastien del Piombo, d'Andrea del Sarto et du Titien. Une très-belle *Sainte Famille*[1] de Sébastien del Piombo signée : SEBASTIANVS FACIEBAT sur un cartel au-dessous de l'enfant Jésus, offrait un spécimen excellent de la peinture de cet élève de Michel-Ange. La composition en est bien connue : la sainte Vierge debout soulève de ses deux mains un linge avec lequel elle se dispose à couvrir l'enfant Jésus endormi, couché au premier plan et retenant captif à l'aide d'un fil un chardonneret ; à gauche, derrière le coussin sur lequel repose l'enfant-Dieu, se voit le jeune saint Jean portant sa petite croix ; saint Joseph apparaît au fond à droite. L'esquisse de ce tableau, esquisse en contre-partie peinte, à n'en pas douter, par le maître lui-même, se trouve à Naples dans le musée des *Studi*, et une ancienne copie, faite toutefois longtemps après la mort de Sébastien del Piombo, fut mise en vente en 1860 et retirée, faute d'enchères suffisantes au gré de son possesseur. Quant au tableau possédé par M. Gatteaux, sur lequel cette coïncidence avait attiré l'attention des véritables amateurs, on s'accordait à reconnaître que c'était une œuvre originale de Sébastien del Piombo. Aujourd'hui cette *Sainte Famille* n'existe plus : le feu l'a anéantie, et les productions si rares du maître qui l'avait peinte se trouvent diminuées d'autant.

Andrea del Sarto était représenté par le portrait de Lucrezia Fede, qui, d'après les récits de ses contemporains, lui rendit la vie si dure et si amère. La peinture était fatiguée ; elle avait souffert avant d'arriver à M. Gatteaux, mais, telle qu'elle était, elle témoignait encore de ce goût exquis, de cette harmonie de ton douce que possèdent tous les ouvrages attribués avec certitude à Andrea del Sarto. Une tête de vieillard, peinte par Titien, donnait de l'école vénitienne une fort bonne opinion, mais figurait dans la galerie comme spécimen isolé. De ces quatre tableaux, un seul n'a pas été complétement détruit : c'est la petite peinture de Jean de Fiesole, que la flamme n'a pas atteinte, mais que la fumée a noircie et fortement endommagée.

De la grande copie ancienne de la *Sainte Famille*, peinte par Raphaël, dite *Vierge de François I<sup>er</sup>*, copie qui occupait une place d'honneur dans le salon de M. Gatteaux, il ne reste plus rien, et malheureusement il en est de même de la plupart des œuvres exposées dans la partie des appartements où elle se trouvait. Ainsi cet admirable petit tableau, chef-

1. M. Gatteaux possède en outre, dans sa précieuse collection de dessins anciens, l'étude originale qui a servi à Sébastien del Piombo pour peindre la figure de la Vierge.

d'œuvre de l'école flamande, cette *Vierge au donataire* attribuée à Van Eyck par les juges les plus sévères, n'existe plus ; l'esquisse de Rubens pour *Esther devant Assuérus* est consumée ; le superbe portrait du typographe Léonard, peint par Hyacinthe Rigaud et que Gérard Edelinck a gravé, a été complétement brûlé ; deux bons tableaux de Van der Meulen, et le portrait du graveur Jean-Charles Levasseur peint par J.-B. Greuze, ont eu le même sort ; enfin, pour parler d'œuvres appartenant à notre temps, nous rappellerons que dans ces mêmes salons, où se réunissait le jeudi soir l'élite des artistes dans tous les genres, se trouvaient un très-beau portrait de M. Gatteaux père, peint par Martin Drolling, une savante étude de Louis David d'après le conventionnel Gérard destinée à trouver sa place dans le *Serment du Jeu de Paume*, une charmante *Marine* de Joseph Vernet, enfin l'intéressante peinture de M. Ingres, *Antiochus renvoyant à Scipion son fils qui avait été fait prisonnier*, peinture qui avait valu à son auteur le second grand prix au concours de 1800.

Un fort bon tableau d'Eugène Roger, ancien pensionnaire de l'école de Rome, représentant la *Grande Salle du palais public à Sienne*, un portrait flamand attribué par les uns à Franz Hals, par les autres à Janson van Ceulen, de grandes copies des *Noces Aldobrandines* et d'un fragment de la fresque du musée de Naples, l'*Éducation de Télèphe, fils d'Hercule*, exécutées avec une scrupuleuse exactitude par Eugène Roger, ont également disparu dans les flammes. Enfin c'est dans un de ces salons que se trouvait le portrait du maître de la maison, peint par son ami Hippolyte Flandrin et exposé au Salon de 1861, où il avait été apprécié à sa valeur par les critiques les plus autorisés. M. Gatteaux, assis dans un fauteuil, tenait à la main un livre ouvert ; derrière lui, à gauche, se voyaient les attributs de l'artiste, quelques médailles et la figure de *Minerve revenant du Jugement de Pâris*, qu'il a sculptée et qui est exposée au musée du Luxembourg. Ce portrait, ouvrage digne de celui qui l'avait signé, était un témoignage touchant de la reconnaissance du peintre pour M. Gatteaux qui, l'un des premiers, avait deviné un maître dans Hippolyte Flandrin, avait facilité ses débuts dans la carrière et l'avait, plus activement que personne, mis à même de développer ses éminentes qualités et de consacrer entièrement à l'art un talent si rare de tout temps, plus rare à notre époque que jamais.

Après avoir mentionné les tableaux perdus sans ressources, il nous reste à parler de ceux qui ont survécu au désastre. La peinture la plus exquise de la collection de M. Gatteaux existe encore, grâce à l'obligeant empressement que son possesseur avait mis à la confier à M. Alphonse François, chargé de la reproduire pour la *Société française de Gravure*.

Ce petit tableau, œuvre du meilleur temps de Hans Memling, était la perle de la collection. Elle se distingue par un tel fini d'exécution, par une telle délicatesse de dessin et aussi de couleur, que nous serions fort embarrassé de dire si, même à l'hôpital Saint-Jean de Bruges, musée consacré à la gloire de Hans Memling, il se trouve une œuvre de ce grand peintre plus parfaite et mieux agencée. A Anvers, dans la partie du musée affectée à la donation généreuse de M. Van Ertborn, on voit deux petits panneaux attribués à Memling de la même dimension, de la même forme, qui passent, à juste titre, pour deux merveilles dans cette galerie si riche en chefs-d'œuvre de l'école flamande primitive, et ces deux panneaux ne sont en aucune façon supérieurs à celui qui nous occupe. Cette peinture, petite par ses dimensions, grande si l'on a égard à l'ampleur et à la fermeté du style, représente le *Mariage mystique de sainte Catherine*. La Vierge, assise au centre, tient sur ses genoux l'enfant Jésus, qui passe son anneau au doigt de la sainte assise à gauche au premier plan ; quatre autres saintes, avec leurs attributs, sainte Agnès, sainte Cécile, sainte Lucie et sainte Marguerite, patronne de la donatrice assise à droite sur le devant et ayant un livre à la main, entourent le groupe central ; un paysage, sur lequel se détachent en clair les figures habillées selon la mode du xv<sup>e</sup> siècle, occupe le fond du tableau.

Une toile de Nicolas Poussin, *Mercure, Hersé et Aglaure*, une *Tête de Moine* par Rubens, une autre *Tête* par van Dyck et une *Étude de jeune Fille*, par J.-B. Greuze, ont été sauvées, mais combien peu sont importantes ces peintures comparées à celles qui ont disparu dans l'incendie ! N'étaient ces deux panneaux admirables de Memling et de Jean de Fiesole, — encore ce dernier semble-t-il bien compromis, — on pourrait dire que toute la collection de tableaux a été anéantie dans la terrible journée du 23 mai. D'une quarantaine de toiles bien choisies, toutes intéressantes et dont plusieurs étaient superbes, quatre ou cinq seulement subsistent encore, et une seule est restée absolument intacte.

Par bonheur il n'en est pas de même des nombreux dessins anciens que possédait M. Gatteaux. Les dessins encadrés et accrochés aux murs ont été brûlés, mais ceux qui étaient classés par écoles dans des portefeuilles ont été conservés. Le meuble qui les contenait, par une bonne fortune inexplicable, — car il était placé dans la chambre à coucher aujourd'hui entièrement consumée, — n'a pas été atteint. Douze portefeuilles furent ainsi miraculeusement préservés, et ces portefeuilles renferment des dessins de toutes les écoles et de toutes les époques. L'école française y est représentée par quatre portraits de l'école des Clouet, par une importante composition à la plume d'Étienne Delaune,

DESSIN D'ALBERT DÜRER.

(Collection de M. Gatteaux.)

par de nombreux dessins de Nicolas Poussin, les *Travaux d'Hercule* entre autres, par une série d'études d'Eustache Lesueur, de Jouvenet, de Verdier, par une sanguine d'Abraham Bosse, une *Femme faisant de la tapisserie*, par des compositions ou des figures de Boucher, de Coypel, de Moreau le jeune, de David, de Girodet, de Blondel et d'Hippolyte Flandrin, par des croquis de navires de Claude Lorrain et par une délicieuse marine de Joseph Vernet. A l'école des Pays-Bas appartiennent un *Christ*, dessin à la mine de plomb par Rubens, une aquarelle de Jordaens, des paysages charmants d'Antoine Waterloo, de Jacques Ruysdael, d'Everdingen et de Zeeman. Les échantillons de l'école allemande ne sont pas nombreux, mais ils sont du plus beau choix; un grand dessin représentant des sorcières nues est attribué à Hans Baldung Grün, et cinq admirables dessins d'Albert Durer confirment l'admiration et les réserves qu'inspire en général le génie de ce maître; enfin dans l'école italienne nous trouvons les plus grands noms et, ce qui est le plus intéressant, des œuvres dignes à tous égards de la réputation des maîtres qui les ont faites : une *Figure de Saint agenouillé*, croquis à la plume de Raphaël, quatre dessins de Luca Signorelli, deux sanguines d'Andrea del Sarto, puis de très-bons spécimens du talent de Polydore de Caravage, de Nicolo dell' Abbate, de Perino del Vaga, de Jean d'Udine, de Vasari, de Bibiena et de Salvator Rosa; l'école bolonaise occupe à elle seule un portefeuille et les dessins des Carrache, du Guide, du Guerchin et d'Ottavio Leoni que l'on y remarque sont de la plus belle qualité et d'une authenticité incontestable.

Ces œuvres diversement importantes, que nous retrouvons intactes alors que, à cause de leur nature particulièrement fragile, nous craignions qu'elles ne fussent à jamais perdues, ne peuvent toutefois nous consoler de la destruction d'une superbe *Tête de Faune* dessinée à la plume par Michel-Ange et rappelant les traits du maître lui-même, de trois très-beaux dessins de Jules Romain, les *Batailles de Scipion*, d'une étude de figure nue attribuée à Raphaël, d'un autre croquis à la pierre d'Italie exécuté par Michel-Ange pour une composition qui nous est inconnue, d'un charmant petit dessin à l'encre par Lucas de Leyde représentant plusieurs hommes appuyés sur une balustrade et de bien d'autres dessins précieux que M. Gatteaux aimait à avoir sans cesse sous les yeux, et que, pour cette raison, il avait placés, dans des passe-partout, sur les murs de son cabinet d'étude.

Sur ces mêmes murailles étaient exposées un grand nombre d'estampes gravées par les maîtres les plus célèbres. Les planches de Pollaiuolo, de Marc-Antoine, de Bonasone, d'Albert Durer, de Lucas de

TÊTE DE FAUNE, PAR MICHEL-ANGE.

(Collection de M. Gatteaux.)

Leyde, d'Aldegrever, de Nanteuil, de G. Edelinck et de Jean Pesne se
partageaient, avec les dessins, les parois de ce cabinet, et témoignaient
hautement que la gravure recevait du maître de la maison un aussi bon
accueil que toutes les autres branches de l'art. Outre les exemplaires
complets des grands recueils à figures, tels que la *Description de
l'Égypte*, la *Galerie de Dresde*, les *Antiquités d'Athènes* de Stuart, les
publications de Boisserée, de rares exemplaires coloriés des *Bains de
Titus*, de la *Villa pia*, des *Loges* du Vatican, de la *Galerie Farnèse*, les
Cartons d'Haptoncourt, les *Antiquités* de Pietro Santo Bartoli, également
coloriés, tous les ouvrages publiés en France et à l'étranger sur les fac-
simile de dessins, l'*Alhambra* d'Owen Jones, les planches mises au jour
en Angleterre par l'*Arundel Society*, l'*Architecture française* de Blondel,
et tant d'autres que l'on ne rencontre pas ordinairement dans les biblio-
thèques particulières à cause de leur prix élevé et de la place qu'ils
occupent, figuraient dans la bibliothèque de M. Gatteaux. M. Gatteaux possédait encore : l'œuvre de Marc-Antoine renfermé dans trois portefeuilles
entièrement détruits, à l'exception de deux estampes, la *Cène* et *Saint
Paul prêchant à Athènes*; l'œuvre de Poussin en six gros volumes, dont il
ne reste rien; l'œuvre de Jean Morin, plus complet que tous les œuvres
connus du maître avec un portrait de l'abbé de Saint-Cyran que nous
n'avons jamais vu ailleurs; les œuvres entiers d'Albert Durer, d'Étienne
Delaune, d'Aldegrever, de Théodore de Bry, de Virgile Solis, de Beham,
d'Abraham Bosse, enfin un grand nombre de livres sur l'histoire des arts
proprement dite, parmi lesquels le *Traité de la Peinture* de Léonard de
Vinci, copie manuscrite d'une écriture ancienne, ornée de dessins origi-
naux de Nicolas Poussin. Avec ce précieux monument historique, plusieurs
beaux livres ornés de gravures sur bois, tels que les *Heures de la Vierge*
par Geoffroy Tory et la *Vie de Maximilien* par Hans Burgmair, dispa-
raissaient en même temps que des manuscrits chinois et persans ornés de
nombreuses miniatures.

En somme, de cette collection d'estampes, une des plus considé-
rables que jamais particulier ait réunies, et de cette bibliothèque unique,
il subsiste à peine une trentaine de portefeuilles et deux ou trois
cents volumes reliés, parmi lesquels nous sommes heureux de pouvoir
citer le recueil des estampes gravées par les maîtres de l'école de
Fontainebleau, les œuvres de Callot, de Silvestre, de Stefano della
Bella, des Coypel, de de Troy, d'Antoine Watteau et de quelques autres
artistes.

Il nous reste à parler d'une des pertes les plus regrettables, et c'est
par elle que nous voulons terminer cette douloureuse notice. M. Gat-

teaux était l'ami intime d'Ingres, le confident de ses pensées, l'admira-
teur le plus sincère de son génie, le dépositaire d'un grand nombre de
ses ouvrages. A une époque où le chef de l'école française ne trouvait pas
d'atelier à sa convenance, M. Gatteaux mit à sa disposition celui qu'il
possédait à l'étage supérieur de sa maison, et c'est là que fut exécutée
l'*Apothéose de Napoléon I<sup>er</sup>*, plafond qui a été détruit à l'Hôtel de ville,
le lendemain du jour où les collections de M. Gatteaux étaient elles-

SAINTE HÉLÈNE.

(Carton pour la chapelle Saint-Ferdinand.)

mêmes anéanties. Deux tableaux d'Ingres ont été dévorés par l'incendie
de la rue de Lille, son second prix, dont nous avons déjà parlé plus haut,
et une charmante esquisse peinte, un *Enfant endormi*, étude destinée à
une sainte Famille qui n'a pas été exécutée par le maître, et dont la
composition transformée est devenue celle de la *Vierge à l'hostie* ; quant
à une copie réduite de *Jésus-Christ remettant les clefs à saint Pierre*,
copie faite par M. Paul Flandrin pour servir de modèle à la gravure de
Pradier et entièrement retouchée par Ingres qui y avait ajouté deux
figures, elle est sauvée et restera dans la nouvelle galerie de M. Gatteaux
comme le seul spécimen peint de l'œuvre du grand maître.

Ce qui est perdu à tout jamais et ce qui n'a nulle part son équivalent, ce sont les cent études dessinées par Ingres pour *Romulus vainqueur d'Acron*, pour *Virgile lisant l'Énéide*, pour les *Vitraux de la chapelle Saint-Ferdinand*, pour *l'Age d'or* et pour le *Portrait du duc d'Orléans*. Ces inestimables feuilles, qui attestaient si hautement le génie d'Ingres, qui montraient au grand jour les impressions qu'il ressentait devant la nature alors qu'il l'interrogeait directement, n'existent plus aujourd'hui.

SAINT RAPHAEL.

(Carton pour la chapelle Saint-Ferdinand.)

De tous ces dessins à la mine de plomb ou à la pierre d'Italie qui, lors de l'exposition des œuvres d'Ingres à l'école des Beaux-Arts, firent l'admiration de tous les artistes, il n'en reste plus qu'un seul, celui qui est reproduit en tête de cet article. Avec eux et en même temps ont péri les admirables portraits de M. Gatteaux père et de madame Gatteaux mère, dont M. Dien a gravé des fac-simile fidèles, deux portraits de M. Gatteaux fils, un charmant portrait de Cortot jeune, et deux petites mines de plomb exécutées à Florence d'après deux nobles Anglaises, lady Élisabeth-Anne

Russel[1] et une inconnue. Le même jour disparaissait encore un petit livre que M. Gatteaux avait eu l'heureuse pensée de faire graver en fac-simile l'année dernière par M. W. Haussoullier, *la Semaine*, suite de sept petites figures, une pour chaque jour de la semaine, qu'Ingres avait dessinées avec amour et offertes à sa femme lors de son mariage en 1813.

Quelles consolations apporter à un homme devant un tel désastre? Quelles paroles peuvent atténuer sa douleur à la vue de la destruction presque complète de ce qui faisait le charme de sa vie et l'occupation de tous ses instants? La seule consolation qui puisse lui être efficacement offerte, c'est l'assurance de la gratitude et de la respectueuse sympathie de tous ; c'est le témoignage de la part que chacun prend à ce malheur privé qui, à cause de l'empressement que mettait M. Gatteaux à faire jouir tout le monde des trésors rassemblés par lui, à cause aussi de la destination qu'il leur avait donnée, acquiert les proportions d'un deuil national et d'une calamité publique.

1. Ce portrait a déjà été reproduit deux fois : une fois en buste par un graveur anonyme ; une autre fois la figure est plus complète : lady Russel est vue à mi-jambes, un bras appuyé sur le haut d'un piano, un doigt posé sur l'une des touches du clavier ; sur le pupitre du piano est placé un morceau de musique avec cette inscription : *tria pensa alla patria*. On lit au bas de cette lithographie rarissime : *Ingres del. Rome 1814. E. R. 1818. Élisabeth Anne Rawdon, since maried to the lord George William Russel*. Les initiales *E. R.* placées au bas de cette estampe donnent à penser qu'elle est l'œuvre même de la personne représentée.

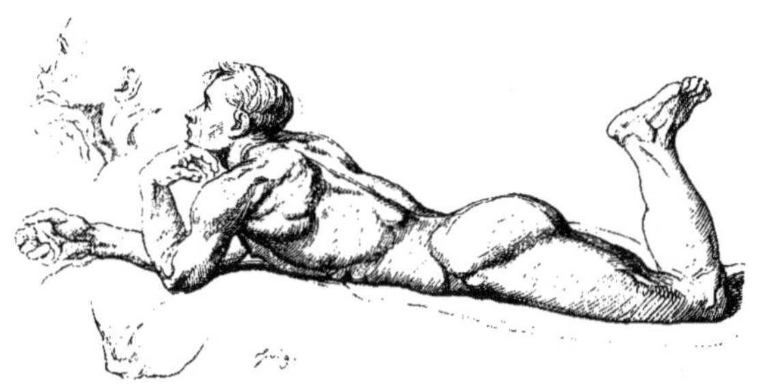